MAGASIN DES PETITS ENFANTS

LE PETIT POUCET

PARIS.

LIBRAIRIE HACHETTE & Cie

BOULEVARD ST GERMAIN. No 79.

LE PETIT POUCET

LE

PETIT POUCET

HISTORIETTE

ILLUSTRÉE DE SIX GRAVURES COLORIÉES

Par **H. F.**

PARIS

LIBRAIRIE HACHETTE ET Cⁱᵉ

79, BOULEVARD SAINT-GERMAIN, 79

LE PETIT POUCET

Il était une fois un bûcheron et une bûcheronne qui avaient sept enfants tous garçons; le plus jeune, quand il vint au monde, n'était guère plus gros que le pouce, ce qui fit qu'on l'appela le Petit Poucet. Ce pauvre enfant était le souffre-douleur de la maison; cependant, aucun de ses frères n'était plus fin et plus avisé que lui, et, s'il parlait peu, il écoutait beaucoup.

Il vint une année où la famine fut si grande, que le bûcheron et la bûcheronne n'ayant plus de pain à donner à leurs enfants, résolurent de s'en défaire.

La pauvre mère se désolait en songeant qu'elle ne reverrait peut-être jamais ses chers petits garçons.

« Que vont-ils devenir? » s'écriait-elle, « les loups les mangeront, quel malheur est le nôtre!

« Que veux-tu, ma pauvre femme, répondit le bûcheron, avec nous ils mourraient de faim; nous les conduirons demain dans la forêt, et nous les confierons à la garde de Dieu; espérons qu'ils trouveront quelque expédient pour se nourrir. »

Pendant que leurs parents causaient ainsi, tous les enfants dormaient, excepté le Petit Poucet qui entendant de son lit que l'on parlait d'affaires, se leva doucement, et se glissant sous l'escabelle de son père, écouta tout sans être vu.

Il alla se recoucher, mais il ne dormit point le reste de la nuit; et, le lendemain matin, se levant de très bonne heure, il remplit sur le bord d'un ruisseau ses poches de petits cailloux blancs.

On partit pour la forêt; elle était si épaisse qu'on ne se voyait point à dix pas de distance. Le bûcheron se mit à couper du bois, et ses enfants ramassèrent des broutilles pour faire des fagots. Le père et la mère les voyant occupés à travailler, s'éloignèrent d'eux insensiblement, et puis s'enfuirent tout à coup, par un petit sentier détourné.

Lorsque les enfants se virent seuls, ils se mirent à crier et à pleurer de toute leur force. Le Petit Poucet les laissa crier, sachant bien par où ils reviendraient à la maison; car, en marchant, il avait laissé tomber le long du chemin les petits cailloux blancs qu'il avait dans ses poches.

« Ne craignez point, mes frères, leur dit-il, je vous ramènerai à la maison, suivez-moi seulement. » Ils le suivirent, et ils arrivèrent bientôt au logis paternel. Ils n'osaient entrer, mais par bonheur, leur mère ouvrit la porte, et en voyant ses enfants, la

bonne femme les embrassa avec la joie la plus vive. « Entrez, mes chers petits enfants, dit-elle, entrez, nous sommes riches, le seigneur du village vient de nous payer dix écus qu'il nous devait et vous allez bien manger. » On fit en effet un excellent repas.

Les jours suivants furent encore très heureux, mais quand il ne resta plus rien des dix écus, la misère revint et le bûcheron et la bûcheronne résolurent de perdre encore leurs enfants. Seulement pour ne pas manquer leur coup, ils décidèrent de les mener bien plus loin que la première fois.

Ils ne purent parler de cela si secrètement que le Petit Poucet ne les entendit; il se leva de bon matin pour aller ramasser des petits cailloux, mais il ne put en venir à bout, car il trouva la porte de la maison fermée à double tour.

Ne sachant que faire, il songea qu'il pourrait se servir, au lieu de cailloux, du pain que lui avait donné sa mère et il le serra dans sa poche.

Le père et la mère les menèrent dans l'endroit le plus épais de la forêt, et dès qu'ils y furent, ils gagnèrent un petit sentier qui n'était connu que d'eux seuls, et laissèrent là les enfants.

Le Petit Poucet ne s'en chagrina pas beaucoup, parce qu'il croyait retrouver aisément son chemin par le moyen de son pain qu'il avait semé partout où il était passé; mais il fut bien surpris de ne plus en retrouver une miette ; des oiseaux avaient tout mangé.

La nuit était venue, et les pauvres enfants étaient bien affligés en se voyant abandonnés dans ce bois où ils n'entendaient que le bruit du vent et les hurlements des loups. Le Petit Poucet grimpa au haut d'un arbre pour voir s'il ne pourrait rien découvrir : en tournant la tête de tous côtés, il vit une petite lueur comme celle d'une chandelle, mais qui était bien loin par delà la forêt. Il descendit de l'arbre, et lorsqu'il fut à terre, il ne vit plus rien, et cela le désola.

Cependant après avoir marché quelque temps avec ses frères, du côté où il avait vu la lumière, il la revit en sortant du bois. Ils arrivèrent enfin à la maison où était cette lumière et frappèrent à la porte. Une bonne femme quivint leur ouvrir leur demanda ce qu'ils voulaient : « Un peu de pain et la permission de coucher ici, mes frères et moi, répondit le Petit Poucet, car nous sommes de pauvres enfants perdus dans la forêt et nous mourons de froid et de faim. »

« Hélas! reprit la bonne femme, c'est ici la maison d'un ogre qui mange les petits enfants; il va rentrer, fuyez bien vite de peur qu'il ne vous tue. — Si nous retournons dans la forêt, dit le Petit Poucet, les loups nous mangeront tout de même, nous ai-

mons encore mieux que ce soit monsieur l'ogre qui nous mange, et peut-être aura-t-il pitié de nous. »

La femme de l'ogre qui n'était pas méchante, croyant qu'elle pourrait les cacher jusqu'au lendemain matin, les laissa entrer, les réchauffa, et leur donna à manger.

Ils étaient en train de se réconforter, quand on entendit frapper trois ou quatre grands coups à la porte. C'était l'ogre qui revenait; aussitôt les enfants allèrent se cacher sous le lit.

«Hein! hein! dit l'ogre en flairant de tous côtés, je sens la chair fraîche, il y a ici quelque chose de nouveau» puis allant tout droit au lit, il tira les sept petits garçons qui s'étaient cachés dessous. «Voilà, une bonne affaire, dit le méchant ogre, je dois précisément recevoir demain trois ogres de mes amis, et ces petits gaillards assaisonnés à la sauce piquante seront de friands morceaux.»

Il voulait les tuer tout de suite pour que leur chair fût plus tendre, mais sur les instances de sa femme, il permit qu'on les menât coucher.

Vous pensez qu'ils ne dormirent guère, le Petit Poucet surtout songea longtemps au moyen d'échapper au danger. Il remarqua que dans la chambre voisine dormaient les filles de l'ogre. Elles étaient sept, et portaient chacune sur la tête une couronne d'or tandis que les garçons avaient un bonnet de coton.

Le Petit Poucet pensant que l'ogre viendrait peut-être pendant la nuit pour égorger ses frères et lui, mit les couronnes d'or sur leurs têtes et sur la sienne, et coiffa les petites filles du bonnet de coton, afin que l'ogre prît ses filles pour les garçons et les garçons pour ses filles.

La chose réussit comme l'avait pensé le Petit Poucet; l'ogre se leva pendant la nuit, alla droit au lit des garçons, mais sentant sur leurs têtes des couronnes d'or, il se dirigea vers le lit de ses filles et les prenant pour des garçons, grâce au bonnet de coton dont elles étaient coiffées, il les égorgea toutes avec son grand couteau, puis, content de cette expédition, il alla se recoucher.

Dès que le Petit Poucet l'entendit ronfler, il réveilla ses frères, leur dit de s'habiller, et tous descendant doucement dans le jardin s'éloignèrent de la maison de l'ogre et coururent tant qu'ils purent. Cependant l'ogre s'étant réveillé dit à sa femme: « va t'en habiller ces petits drôles d'hier soir. » La bonne femme monta à la chambre, et se mit à pousser des cris déchirants en voyant toutes ses filles égorgées. L'ogre ne fut pas moins désolé que sa femme, « ah les petits coquins, dit-il tout en fureur, ils me le paieront, donne-moi mes bottes de sept lieues afin que j'aille les attraper. »

Il se mit en route, allant de montagne en montagne, et traversant

des rivières aussi aisément qu'il aurait traversé de petits ruisseaux, il se trouva bientôt à peu de distance des enfants.

Le Petit Poucet l'aperçut de loin, fit aussitôt cacher ses frères sous un rocher creux qui se trouvait près de la route, et il s'y fourra aussi regardant toujours ce que l'ogre deviendrait.

Celui-ci qui se trouvait très fatigué, alla précisément se coucher sur la roche où les petits garçons s'étaient cachés.

Quand le Petit Poucet le vit profondément endormi, il lui tira doucement ses bottes et les mit aussitôt; les bottes étaient fort grandes et fort larges, mais comme elles étaient fées, elles s'agrandissaient et se rapetissaient à volonté de sorte qu'elles allèrent à ravir à notre petit garçon.

A peine les avait-il, que l'ogre se réveilla et voulut poursuivre le Petit Poucet, mais celui-ci sauta facilement d'une montagne sur une autre et le méchant ogre en voulant l'atteindre, tomba dans un précipice où il fut écrasé.

Le Petit Poucet délivré de l'ogre alla à la cour où il savait qu'on était fort en peine d'une armée qui était à deux cents lieues de là, et du succès d'une bataille qui avait été donnée. Il fut trouver le roi, lui dit que s'il le voulait, il lui rapporterait des nouvelles de l'armée avant la fin du jour. Le roi accepta et lui promit une grosse somme d'argent comme récompense.

Le soir même il revint annoncer une grande victoire et cette première course l'ayant fait connaître, il gagna comme courrier des sommes considérables. Quand il fut riche, il revint chez son père à qui il avait déjà envoyé de l'argent pour l'éducation de ses frères; impossible d'imaginer la joie qu'eurent le bûcheron et la bûcheronne en revoyant notre petit héros. Il mit tout sa famille à l'aise, plaça avantageusement ses frères, et rendit tous ceux qui l'entouraient parfaitement heureux.

FIN

BOURLOTON. — Imprimeries réunies, B.